「家族の物語」
人生十年ひと節論

飯牟礼 一臣
IIMURE Kazuomi

文芸社

目次

父、満州国へ

私の父は飯牟礼家の次男である。長男は九州帝国大学（今の九州大学）を卒業して日本郵船に就職、部長を経て子会社の重役になった。三男は旧制五高（今の熊本大学）から名古屋へ出奔。そこで株式取引所の所長にまで出世した。次男である父は幼少から病気がちで学校を休むことが多く、勉強の方はおろそかである。私立の法政大学の商科に紛れ込んだのである。

大学四年で就職は東京の銀行に決まっていた。学生最後の正月を郷里鹿児島で過ごすつもりだったが、友人から「今、満州で将来の国家を背負って立つ人材を求めている。俺も行くけどお前もどうだ？」と誘われた。

当時の法律では財産の全ては長男一人が独占、長男以外は瓦一枚も貰えなかった。女性に至っては問題外であった。なら、満州で一旗揚げるのも満更ではないと行くことにした。

最初に与えられたのは満州唯一の政党「協和会」の仕事だった。総務部長は、無政府主義者だった大杉栄と内縁の妻・伊藤野枝と大杉栄の甥・橘宗一の三人を虐殺したと言われる甘粕正彦だった。甘粕と言っても今の若い人は知らないだろうが、彼は東京憲兵隊渋谷分隊長かつ陸軍憲兵大尉であった。

父は協和会に入ると早速、奉天から少し北にある開原《かいげん》市へ配属された。そこには満州で一番の商人と言われる倉岡岩が市の行政を仕切っていた。市のほとんどの土地を所有し、市役所から銀行まで多くの会社が倉岡岩に土地借用料を払っていた。何しろ古い駅の他に「新開原駅」まで開設させたくらいだから、そんじょそこらの商人ではなかった。

男の子が五人、女の子が三人、合わせて八人の子がいた。長男は父の岩が卒業した東京外国語大学の中国語科を卒業。寝言まで中国語だったという逸話があるほど中国の言葉に精通していた。次男と三男は東大卒。四男は早稲田と並び称される慶應に入ったが、一家の中では「なんだ、私立か」と蔑まされて肩身の狭い思いをしていたという。

女の子の方は、長女が満州で一番の有名女子校、奉天の浪速《なにわ》高女に入った。後の二人も、大連と旅順の女子校である。長女は稀に見る美人と言われるほどの美しさで、一世を風靡していた。父は一目惚れした。倉岡家一族の話では二人は大恋愛だった。

しかし、鹿児島の実家は二人の結婚に反対した。

「なんだ、商人の娘か」

士族の血を引く飯牟礼家では許しがたい。それでも二人は結婚してしまった。戸籍謄本を見ると、二人の結婚は満州国の首都・新京《しんきょう》市の日本大使館で許可されている。この原稿を書くためによくよく確認したら、結婚式の翌日に私が生まれたことになっていた。ギネスブックも驚くほどの早業である。

結婚後、開原から北京に近い熱河《ねっか》市に移った。甘粕総務部長直属の部下になったのである。地元の豪族たちを日本側になびかせるのが主な仕事である。彼らは満州人だから日本語を知らない。父は満州語を知らない。通訳をはさんでの交渉は進展しない。どうしたか。マージャンで遊んだのである。あちらのマージャン牌は日本より一回り大きいが、賭けも大きい。自分の領地を賭けるのである。勝負によって支配する土地が仲間内を行ったり来たりする。

父は何を賭けたのであろうか。聞き漏らしたが、学生時代から賭けマージャンに精を出していた父は「マージャン初段」の実力である。遊び半分の中国人豪族が勝てる訳がない。それでも遊びに興じる豪族はすっかり父と仲良くなって、日本側になびいてくれたのである。

この報告を聞いた甘粕総務部長は破顔一笑。協和会の連絡会議で父の「偉業」を紹介、褒めそやしてくれた。総務部長の御眼鏡《おめがね》にかなった父は、暫くしてから呼び出しを受け、満州国の官吏を養成する大学院、「大同学院」への進学を薦められた。父は私立・法政大学で学んだという少々低い評価を覆すかのように、常に一番前の席に陣取って勉強に励んだ。周りは殆んどが一流大学を出た人で全員が年上、父が最年少の生徒であった。

卒業と同時に奉天省興京市の総務課長に就任した。満州の新聞で「最年少の課長登場」ともてはやされる程の快挙であった。これも甘粕部長の推挙で「大同学院」で学んだお蔭である。そのこともあってか、父の甘粕評は甘い。

「甘粕さんは人を殺すような人ではない。部下の虐殺を庇って、自分が処分されたのだ」

と擁護した。戦後色々と甘粕大尉に関する評伝が出たが、父の評価は死ぬまで変わらなかったのである。

私は興京で小学校に入った。入学の書類には「士族」と書いてある。華族を除けば士農工商のトップである。母は書類を前にして「あなたは士族です」と姿勢を正して言ったが、私には何のことか判らなかった。日本人の小学校は一年から六年まで十二人しかいない。それに高等科の生徒が一人いた。

教師は二人しかいない。掛け持ち授業である。先生が別の学年を教えるときは自習である。隣で二年生が「九九」を唱和するとそれが耳に入る。一年生なのに全部覚えてしまった。一年の終わりにもう一人の教師が軍に召集され、校長一人になった。一年生から六年生までが一つの教室に集められての授業になった。お蔭で「九九」は「九九、八十一。九八、七十二」と逆からも言えるようになったのである。

二年の二学期、奉天に転校した。担任の先生は「九九」の逆算まで出来るのに仰天、クラス全員の前で発表させられた。だが図画になってカルチャーショックを受けた。興京では花や木を描く程度だったのに、奉天の生徒は日本の飛行機がアメリカの船を撃沈する戦争場面を描くのだ。

名前は「イイムレ・カズオミ」だが、何で「カズオ」の下に余分な「ミ」が付くのだと不思議がられた。

戦争が激しくなると、ひっきりなしにアメリカの飛行機が飛んで来るようになった。そのたびに「警戒警報」が発令され、授業が中止になって自宅へ帰る。防空壕から出て空を見上げると、白い飛行機雲をなびかせながら飛んでいるB29の下を、日本の高射砲の弾が敵の飛行機の遥か下で炸裂している。

教科書も届かなくなった。日本から満州に運ぶ途中、日本海でアメリカの潜水艦に撃たれて沈没。我々の手に届かなくなった。何とか届いた数冊の教科書をクラスで回覧、親がノートに書き留めることになった。人によって字の大きさは違うし、ノートの大きさにも差がある。「ハイ15ページを開いて」と先生が言っても、生徒のノートはまちまちで授業にならない。「神州不滅」の日本がこんなものかと、疑問を抱く。口には出せないが、日本が負けるような気がしてくる。

父は奉天省全部の予算を作る地位に上った。ガソリンから食糧までどのように配布するかまで任されていた。本棚には『フランス破れたり』という本があった。この書いたのはアンドレ・モーロアという人であるがどんな人なのか判らない。この原稿の執筆に当たってネットで調べてみたら古い人なのに出ていた。小説家だった。父はどんな気持ちで読んでいたのであろうか。

ここで私は二歳下の日本人形のように可愛い女の子に初恋をした。鈴木という名前は覚えているが、別の県に転居した。無事に日本に引揚げて来られたろうか。生きておられれば八十六歳である。どんなおばあさんになっているか、お会いしたいものである。

敗戦と引揚げ

昭和二十年の八月、日本は戦争に負けた。満州全土に中国の国旗がたなびき、勝利の爆竹が鳴り響く。日本の国旗は引きずり降ろされ、足で踏みにじられる。何十、何百という町でこれだけの中国の旗を一日で作ることは不可能である。前もって日本の負けることを知って事前に配布していたことになるではないか。小学生にも判ることだ。

敗戦と同時に、ソ連との国境近くにあった開拓と防衛を担う日本人開拓団が、ソ連と中国人双方の攻撃を受けて逃げ惑う。北から南へ。奉天にも多くの避難民が逃げて来た。身ぐるみはがされ、芋や大豆などを入れるドンゴロス（麻袋）を逆さまにして、首と腕を出す穴をあけて着た人までいた。

勝った蔣介石の国民党軍と毛沢東のパーロ（八路＝共産党の軍隊）が内戦を始

めた。一進一退の戦いで奉天も戦場になった。今日、衝突という夜、我々日本人も殺されるかも知れないと父と母は身を潜めていたが、私は状況が判らず怖さも無い。一夜明けるとパーロが撤退、奉天は国民党軍の手に落ちていた。お互い話し合いでの「無血開城」である。

ソ連が進駐してくると国民党軍が撤退、再び共産党となった。ソ連は満州を支配すると満州国の銀行券に代わって、赤い軍票を発行した。が、誰も信用しない。相変わらず昔の満州銀行と日本、両方の通貨が使用された。

日本に最初に攻め込んで来たソ連兵は死刑を宣告されていた囚人であった。ソ連はドイツとの戦いに勝ったばかりで兵士は疲れ果てている。少しは休ませたい。そこで目を付けたのが刑務所で銃殺される寸前の死刑囚だった。世界に冠たる関東軍と闘うのだから負けるに決まっているが多少の時間稼ぎにはなるだろうと、即席で戦車の動かし方を教えて攻めて来た。

やって来たら、強いと恐れられていた関東軍の兵士が撤退した後だった。抵抗してくる兵隊がいない。彼らは大喜びで攻めて来た。刑務所から出てきて幾日も闘わない内に、戦争は終わった。

満州を支配したソ連兵は、街を歩く日本人を捕まえては腕時計を巻き上げた。当時ソ連では腕時計が一個あれば、一生暮らせる財産になると言われていた。その時計が取り放題だ。彼らは両腕にずらりと時計を巻き付けて得意になっていた。当時の時計は毎日ネジを巻くものだった。放っておけば動かなくなる。動かし方を知らないソ連兵は日本人を捕まえてはまた新しい時計と取り換えた。

銘柄なども知らない。ある日本人は日本の時計と引き換えにロ－レックスの時計を貰ってほくそ笑んだ。目覚まし時計をこれは大きいから大変な財産になるに違いないとズボンの後ろポケットに入れて歩いていたら、突然目覚まし時計のベルが鳴り出したのである。仰天したソ連兵はポケットから放り出すと、必死の勢いで逃げて行ったなどというニュースがあっという間に広がって、日本人の溜飲を下げた。

ソ連兵は時計だけでなく駐屯地の使役でも日本人を捕まえた。暖房用の薪割り、便所掃除と仕事はいくつもある。悲惨なのは冬のトイレの掃除を任された人である。ソ連兵は水洗便所など使ったことが無いから汚物が流せない。人糞は積み重なるばかり。冬だから凍ってコチコチになる。金槌で叩くと人糞の粉末が顔や着物にこびり付く。仕事が終わるとそれが体温で溶けてるから自宅に帰るのもはばかられるほど臭くなるのである。

使役は無料ではない。珍しく代金を支給してくれるのである。しかし、下っ端の兵卒は支払いの計算が出来ない。赤い軍票の十円札を八枚くれるかと思えば、一円札が三枚ということもある。抗議するスベがないから泣き寝入りである。しかし赤い軍票は精々表示金額の十分の一くらいの価値しかないから、たまにくれる黒パンの方が腹に入って有難い。

女遊びも恐ろしい。自動小銃を突き付けては引きずって行くから、ほとんどの女性が外に出る時は頭を刈ったり男の服を着たりして胡麻化していた。しかし彼らは日本人の家を狙って目的を達しようとする。我が家にも押し入って来た。母はとっさに窓から飛び降り、難をのがれた。もしこれが二階だったらどうなるのだろう。

街の治安にもかかわることなので、ソ連当局から慰安婦の提供命令が「日僑《にっきょう》事務所」に届いた。金も払えば食事も出す。ソ連軍の命令だから断ることが出来ない。食うものにも苦労する避難民収容所なら何とかなるかも知れないと希望者を募った。何人かの希望者が出た。

長い間風呂にも入っていないシラミだらけの避難民である。市内の銭湯に入れることは不可能。どこか内湯のある家に頼むしかないというので、奉天省の課長で内湯のある我が家でも面倒を見ることになった。その日、私は外で遊ぶように言われて、慰安婦候補の顔を見ていない。後日、母が官舎の友人に喋っているのを耳にはさんだ。

「お風呂から上がって綺麗になったお嬢さんを見て、あまりにも綺麗な方だったのでビックリしました。私の若い時の派手な着物を着て、うちの玄関を出る時、私は思わず涙が出ました」

そうかそうだったのか。それで寒いのに外で遊ぶように言われたのか。小学校の五年生だったが真相は判った。それにしても母は着物まで与えたのかと私も涙が出そうになった。

暫くしてソ連兵は爾後の満州を共産党のパーロに任せて帰国した。パーロは多くの日本人軍人、県や市の役職者を厳しく追及した。人民裁判で死刑になった人もいる。父にも呼び出しがかかった。家を出る時、父は玄関で母と私にこう言った。

「ひょっとしたら死刑になるかも知れない。お前は一臣を連れて鹿児島まで帰って欲しい。一臣はお母さんを助けて日本で立派な人間になってくれ」

母は正座し深く頭を下げた。私は「お父さん頑張って」と言おうとしたが、声にすることは出来ず、呆然と見送るだけだった。官舎内の奉天省の役人たち全員がパーロからの呼び出しを知ってそっと固唾を呑んだかのように静かだった。母はいつまでも正座していた。

夜遅くなっても父は帰って来なかった。その日、晩御飯を食べたのかどうか、記憶がない。真夜中になった頃だった。官舎の前に馬車が止まった。父が帰って来たのだ。官舎中の男の人が我が家に殺到してきた。

父の話によると、あちら側は奉天省で保管している米・麦・大豆などを、パーロ兵に差し出せという命令だった。父は拒否した。大まかに言えば次のようなやり取りだったらしい。

「これは私たち日本人が、日本に帰国するまでの貴重な食糧品です。殺されてもお渡しすることは出来ません」

相手は手を替え、品を替え、脅しを交えながら提出させようとしたが、死を覚悟した父は一歩も引かなかった。だが現在保管している食糧は出さないが、来年、収穫したものを農民から直接買えばいいと次善の策を授けたら、それはいい方法だと納得した。最後に笑ってこう言ったそうだ。

「これまで呼びつけた日本人は、全て我々の要求を呑んだ。しかし貴殿（お前から貴殿に昇格していた）は、命を懸けて断った。俺たちの負けだ」

夜中だからと馬車を呼んで帰してくれたのだ。

それから間もなく、日本への帰国が始まった。全ての財産を放棄、リュックサック一つで帰国せよとのお達しだった。誰もが巨大なリュックを急造した。写真も持ち帰ってはならない。ダイヤモンドなどの貴金属も駄目。お握りの中や靴の底まで調べる。見つかったら連帯責任で全員の帰国が許されない。厳しい規制である。

準備の最中《さなか》、母は突然体調を崩した。下痢と嘔吐を繰り返す。生きて日本には帰れないのではないかと心配になった。引揚げ列車は牛や豚を運ぶ天井のない無蓋列車である。雨が降ればズブ濡れになる。動く列車の中から母の汚物を入れた鍋や容器が放り投げられる。貴重な調理道具が消えて行った。

列車がある地点に来た時、引率の男性が突然、「皆さん目をつむって下さい」と叫んだ。私は瞬きをしながら外を見た。数えきれないほどの目をむいた沢山の死体が線路わきに転がっている。恐らく現地人に襲われて殺されたのであろう。引揚げ寸前に無念の死である。

そこから暫く走っていた列車が止まった。機関車の運転手が「金を出せ」と言う。出さなければ、そのうち襲撃されて先刻の犠牲者と同じ運命に遭うだろうと脅かした。要求金額は一人何百円かだった。子供だった私は正確な金額を覚えていないが、引揚げ列車に乗っている全員から徴収するのだから、家が二〜三軒建つくらいのものすごい金額になった筈である。

金を受け取ると列車は汽笛を鳴らして動き出した。五分ぐらいで目的地のコロ島に着いた。最後の荒稼ぎだったのである。ほくそ笑む運転手の顔が眼に浮かぶ。日本に引揚げて来てから当時の思い出話をしていたら、多くの人がむしり取られていたことが判った。

ソ連兵が腕時計一個で一生暮らせると喜んだように、機関車の運転手も家一軒どころか豪邸を建て、一生を安楽に暮らしたのではないだろうか。

コロ島にはアメリカ兵が沢山いた。引揚げ船もアメリカの巡洋艦や上陸用舟艇などが転用されていた。乗船前の検査は形ばかりで何事も無く、病気で苦しんでいた母はもう一人の患者と共にベッド付きの特別室に入れられた。

汽笛を上げて船は岸壁を離れた。大人たちの多くがデッキの上から去り行くコロ島を眺めていたが、初めて船に乗った私は出航する前から船酔いで、二段ベッドの片隅で横になっていた。

博多に着いた。病人がいたら上陸できない。母は頬紅と口紅でごまかして、アメリカ兵の検査をすり抜けた。不思議なことに、上陸すると一列に並ばされた。何事ならんと身構えたら、頭の上から背中までＤＤＴを掛けられて真っ白になった。

それから鹿児島までの「引揚者無料乗車券」を支給された。鹿児島に着いたら駅前は焼け野原であった。タクシーなどのない時代であるから、「牛車」に揺られて父の実家に向かった。家はアメリカの爆撃機からの焼夷弾で全焼。瓦が転っているだけだった。焼け残った近所の人から祖父の疎開先を聞いて、再び牛車で数時間「郡山《こおりやま》」という町へ向かった。

夫婦で一部屋借りているだけだから、一緒に住む訳にはいかない。母の実家が鹿児島から汽車で一時間ちょっとの川内《せんだい》だったので、そこに居留することになった。

満州一の豪商だった母方の祖父

満州一の商人・倉岡岩が建てた家である。病院かと見間違うばかりのビルのような大きさである。川内一《せんだいいち》の豪邸と言っていい。玄関の他に出入り口が三つ。洋間も卓球台が置けるほど広い。トイレは一階と二階の三か所。便器は全部で男女合わせて二十余。地下室はちょっとした演奏会や集会が出来るほどの広さで、川内川を下る遊覧船の模型が鎮座ましましている。二階の大広間は三十畳くらいか。集会所にも使える。広い庭には樹木や竹が林立していて、その中に町の青年団用の別棟がある。彼らの会合場所兼宿泊所として使われているのだ。庭の手入れには専門の業者が従事する。彼らのための便所も別に用意されている。呆れ果てるほどの豪邸なのである。

豪華と言えばお墓もそうだ。倉岡岩が亡くなった時、遺体はフォルマリン漬けにされた。棺桶に入れられると、頭には冠、首には首飾り、腕には輸入時計。体の全てが宝石類で飾られた。足には冥途を旅するための金の草鞋が履かされた。今でいえば何億もの金額になるであろう。

開原から満州を抜け、朝鮮半島の釜山までの列車を特別に仕立てた。要するに買い占めたのである。釜山から博多までの船も同様である。博多から川内までも倉岡岩だけの専用列車だった。付き添ったのは岩の妻・千久《ちく》と、まだ奉天の浪速高女の学生だった私の母の二人である。

これだけの特別専用列車を仕立てて満州から日本へ亡骸《なきがら》が運ばれたのは、ハルビンで殺された伊藤博文と倉岡岩だけである。片や国費で、片や自費で。

埋葬する時は多くの人が押し寄せた。参集者には宝石で飾られた亡骸が公開されたが、その豪華さには誰もが驚き、川内市民の話題になった。

その川内の母の実家から通ったのは平佐西小学校であった。学校には「倉岡文庫」という部屋があった。言わば図書館である。「少年倶楽部」をはじめ、改造社の何十冊もの「日本文学全集」、単発の文学書、果てはマンガに至るまでぎっしりと詰まっていた。「倉岡文庫」という名称に驚いた。

当時は農地改革、財閥解体、軍人追放、旧制中学から新制中学への「六・三・三」の学制改革、ドッジラインによる金融改変など、次々と新しくなった。川内の祖母は岩から多くの土地を引き継いでいたが、農地改革によって取り上げられた。それまで小作農家から供出されていた米や芋もなくなってしまった。

敗戦後は満州の広い邸宅も財産も全部中国に没収されたから、収入はゼロである。家は大きいから家屋税も飛びぬけて高い。どうやって暮らしを守っているのか不思議だった。

教育界幹部だった父方の祖父

中学二年の二学期、父方である飯牟礼家の祖父が家を建てたので我々も一緒に暮らすことになった。

祖父は熊本や鹿児島で師範学校の校長をしていただけあって威厳がある。鹿児島では武家の成人式は十五歳であった。昔は猿股《さるまた》（パンツ）などを穿く習慣がなかったから、あれは剥き出しのままである。十五歳になって初めて褌の着用が認められた。「褌」という字は今の若い世代には読めないだろうが「フンドシ」と読む。

褌の着用後、「今日からお前は大人になった。将来どんな人物になりたいか自分で考えてみなさい」と祖父が姿勢を正して命じた。これが十年後に新しい仕事に挑戦して行く「人生十年ひと節論」の源流となったのである。

祖父は鹿児島の師範学校の校長から、定年後は県の教育副委員長だった。政権が変わると政府が任命する教育長も変わる。僻地の鹿児島はご免だと来ない人もいたから、実質的に教育界の実権を握っているのは副委員長の祖父である。

若い頃の祖父は政治家になるつもりだった。まだ旧制中学生だった時、建設大臣をしていた伯父の田《でん》健次郎に相談した。すると田は、「今、政治家希望の若者は捨てるほどいる。これから必要なのは、未来の日本を背負って立つ若者を育てることだ。お前はそっちに行け」と東京師範学校に進むことを勧めた。

師範学校を卒業すると、東京府立一中（今の日比谷高校）の数学教師を振り出しに、日本のみならず植民地だった朝鮮半島の学校まで指導して歩いた。この「特命指導者」の辞令は天皇から直接宮中で授けられた。後半は熊本や鹿児島で師範学校の校長を務めたから教え子はゴマンといる。

川内市の小学校の校長も祖父の教え子だった。鹿児島に移ってから通った新制中学の初代校長も祖父の教え子で、二代目の校長もこれまた教え子だった。県立の鶴丸高校に進学したらその校長もまた教え子だった。

満州では小学校の五年の時、アメリカの爆撃機が来るたびに「警戒警報」で家に帰され肝心の数学の基礎を学んでいないから、そのツケで数学には弱い。校長室に呼ばれると「お前のおじいさんは数学の先生だった。その孫なのに君はどうしてこんなに数学が出来んのかね」と叱られたものだ。

祖父は戦後も英語の本で数学を勉強するほどの実力者だったが、私には教えてくれなかった。勉強は学校の先生に任せるというのが主義だったのだが、一度だけ怒ったことがある。

英語の授業で「クォーターを十五分だって習ったよ」と母に自慢したところ、「最初に四分の一と教えるのが本筋だ。たまたま時計の四分の一が十五分になっただけだ」と学校に抗議した。市の校長会で祖父の抗議が披露され、学校では授業の最初に「四分の一」と教えることに決まったと聞いた。

早稲田の政経へ

さて、鶴丸高校から早稲田の第一政治経済学部の政治学科を目指した。東大には毎年何人かが合格していた。早稲田大学も文学部や商学部、夜間部の第二政治経済学部にも入学していたが、不思議なことに早稲田の第一政治経済学部にだけは誰も合格していなかった。誰が一番先に入るか、名誉ある合格を目指して競争が始まった。

私も狙ったが英語がカラキシ駄目なのだ。通信簿を見ると英語は「5〜1」までのランクの中で最低の「1」であった。早大受験最初の年は大きな紙に印刷された英語の問題が全く理解できなかった。国語と日本史は満点だと自信があったが、英語には悲鳴が上がる。二年目も駄目だった。

これはアカンと親戚を頼って上京、予備校に通った。分厚い受験問題集にも挑戦した。旺文社の赤尾の「豆単」は卒業し、大きな英語辞書に没頭した。国語と日本史は疲れ休みの読書である。「平家物語」などは諳《そら》んじた。

しかし二年浪人である。これ以上浪人する訳にはいかない。政経学部の前に試験がある早稲田の教育学部と中央大学法学部を滑り止めに受験した。あっさり両方とも合格した。

「さあ、政経だ！」と張り切った。

英語は例によって巨大な紙に印刷されている。問題を読んでにんまりした。既に読んだことのあるアメリカの小説である。しかも私の好きだったヘミングウェイの文章がそのままそっくり出ているではないか。質問にはすらすらと答えた。

政経の英語試験で最大の目玉は英作文である。題目は「The bridge」だった。橋なら鹿児島の家から三分ぐらいの所に、毎日通る「新上橋《しんかんばし》」がある。これを題材に書いてみよう。思いの丈もあったから、筆はすらすらと運んだ。

「ワタシノイエノチカクニ、シンカンバシトイウハシガアル。ワタシハロウニンチュウ、イツモコノハシヲワタリナガラ『イツキノコモリウタ』ヲウタッテイタ。コノウタハ、イエノナイビンボウジンガ、シンデイクマデノウタデアル。ワタシハジュケンローニンチュウノ、ワビシサヲ、コノウタヲクチズサミナガラ、ワタッテイタノデアル」

ざっとこんな意味の文章を英語で書いた。採点者がどのように評価したかは知らないが、浪人中の悲哀を綴った一文である。

試験には合格した。最初の記念すべき第一政治経済学部、第一号の合格者と思ったが、何と一度に五人も合格していた。現役・一浪各一名、二浪は私と同じクラスの友人の二名、それに結婚して奥さんのいる三浪の先輩である。

鹿児島に飛んで帰り、三年の時の担任だった先生に報告した。

「お前、英語はどげん（どのように）して、勉強したとか？」

合格を聞いた先生の最初の一言がこれだった。オメデトウよりも先である。

通信簿に「1」のついた生徒が、まさか早稲田の「政経」に入るとは想像も出来ないことだったのであろう。

そんな劣等生がどのようにして難関を突破したのか。受験雑誌『蛍雪時代』の

「合格体験記」に応募したら二位に入選。東大に合格した人と並んで掲載された。それを読んだ後輩が、受験のノウハウを学びに訪ねて来たり、鶴丸高校では有名人になった。

夏休みには母校の「放送部」から放送劇の台本執筆を頼まれた。九州各地の民間放送局が手をつなぎ、十一月三日の文化の日に高校生の放送劇を公開する企画である。この日は同じ時間に入選した放送劇を全局で流すのだそうだ。

民間放送局が視聴率争いで必死になっている現代から見ると、信じられないほどの大らかさではないか。入選作には「文部大臣賞」が授与されるという。喜んで協力することにした。

反抗期にさし掛かった高校生が親に逆らうことを主題にして原稿を書いた。タイトルは『小さな反抗』。執筆を依頼されたお礼に作者は「放送部共同執筆」という形にしたのである。夏休みでこちらの体も空いている。書くだけでなく演技指導までやった。顧問の先生も喜んでくれた。

県の予選も通過。全局が集まっての審査で『小さな反抗』がトップ当選。さあ、文化の日。全ての九州の民間放送局が同じ時間に放送する。どこの局にダイヤルを回しても流れてくるのは『小さな反抗』である。鹿児島の実家では祭日だったので家でマージャン大会を開いていた。この放送の時は全員で聞いてくれたそうだ。

学生同人誌を主宰

その頃私は、東京の下宿で全国大学同人雑誌の準備で大童《おおわらわ》だった。北海道から鹿児島まで東大・早稲田・慶応・明治・東京女子大・青山学院など、五十人ほどの学生を集めた『新人群』の代表兼発行責任者であった。会員からは「大将」と呼ばれていた。

先ずは創刊号の発行である。掲載作品は決まったが、雑誌発行に必要な広告に頭を悩ませていた。会員の月々の団費だけではやっていけないから、収入を増やすには広告が欲しい。広告料はページによって違う。雑誌の一番後ろにある「表4」が一番高い。次が表紙裏の「表2」となる。広告には一つのページを分割して何社かが乗っかる連合広告もある。

私が頭をひねったのが「表4」の全頁広告である。読者をあっと言わせようと、当時ロングランで上映されていたセシル・B・デミル監督の映画「十戒」を狙った。デミルが三年の歳月と一千四百万ドルの巨費を投じて制作した映画史上空前の歴史的大作である。

チャールトン・ヘストン、ユル・ブリンナーなど、世界のトップ俳優が多数出ている。人気が高かったのは、主人公が両手を広げると海が二つに裂けて向こう岸まで歩いて行ける特撮場面であった。何回見ても、どうしてこんな場面が作れるのだろうかと首をひねる。

この映画「十戒」を掲載したら大学生読者は驚嘆するに違いない。今から考えると私の発想も規格外であった。直接「十戒」の輸入会社に行って、無料でいいから学生相手に広告を出してくれないかと頼み込んだのである。大学生相手の雑誌が無料で広告を掲載してくれるというのが効いたのか、先方さんは一発でＯＫしてくれた。私はこれを武器に各社を回った。

「あの映画『十戒』まで広告を出してくれるのです」

これは効いた。「へ〜『十戒』が」と広告を出稿してくれる会社が増えて来た。

第二号の広告は『十戒』の掲載された創刊号を持ち歩いて、相手を仰天させた。第三号になると新宿コマ劇場が「初春公演・新国劇」を、同じく新宿のミラノ座がカンヌ映画祭で特別賞を受賞したポーランド映画の超大作「地下水道」を表4に正規の料金で出してくれた。

次に、広告は出してくれるのを待つだけでなく、こちらで企画したものに乗って貰う必要があるのではないかと考えた。一発目は英字新聞である。英字新聞なら大学生相手の企画に乗ってくれる筈だ。

朝日新聞の「ＡＳＡＨＩ　ＥＶＥＮＩＮＧ　ＮＥＷＳ」には「読売のＴＨＥ　ＪＡＰＡＮ　ＮＥＷＳ」も出稿します。「ＴＨＥ　ＪＡＰＡＮ　ＴＩＭＥＳ」には朝日も読売も出ますと言って三社連合の広告ページを作った。「ＴＨＥ　ＪＡＰＡＮ　ＴＩＭＥＳ」は、「学生の為の英和両文の週刊新聞・ＴＨＥ　ＳＴＵＤＥＮＴ　ＴＩＭＥＳ」のことまで広告コピーに入れてくれた。

「若い学生に贈る三つの国民文学！」も企画広告である。当時、日本の出版界に新記録を作った三一書房の『人間の条件』、パトリア社の『断層地帯』、理論社の

『山の民』は、私が読んで感動した小説を勝手に組み合わせたものだったがこれも大成功。特に『断層地帯』は広告コピーの中に早稲田大学新聞の書評まで挿入してくれた。

しかし、広告取りに専念していたばかりではない。本業の小説も第二号に農村小説「けしまんど」を、第四号には第二次世界大戦でソ満国境に派遣された日本人開拓団の戦後の悲劇を描いた「アンペラの上の氷像たち」を発表した。「けしまんど」は「文學界」の「同人雑誌評」で評論家の久保田正文氏が取り上げ、次のような批評を下さった。

◆飯牟礼一臣「けしまんど」。鹿児島の寒村を描いて、長塚節の「土」や、芥川龍之介の「一塊の土」や堀田善衛の「鬼無鬼島」などが交錯して思い出させる。ということは、作者自身はそれのいずれをも意識していないのではないか。それがこの作品の弱さでもあるが、同時に強さともなり得る。若い学生作家としてこういうテーマに取り組んだことは激励されてよい。

ほかに「奥羽文學」では、

◆飯牟礼一臣「けしまんど」は、エイという女主人公が、から芋とソバが主食の貧しい土地にしがみついて、兄の見捨てた土地と取り組んでいく。堀田善衛の「鬼無鬼島」、長塚節の「土」を思わせる短編で、これだけ筋に無理なく運んでいく感覚は鋭い。農村に取材した力作が東京のド真ん中から生まれて来たことに、不思議な共感と驚きを覚える。文章も明快。一気に読ませる力作だ。

「アンペラの上の氷像たち」も「文學界」や「毎日新聞」などで論評された。先ず「毎日新聞」。

◆「新人群」は早稲田、慶応、青山、明治などの諸大学の学生で組織された文芸同人誌である。中でも飯牟礼一臣の「アンペラの上の氷像たち」は読みごたえがある。作者は終戦時の北満からの引揚状況を描きながら、極限状況の中では生きる目的をしっかりと見つけないで、ただ生きたいと思っているだけの者は次々と死んで行く。どんな目的でも構わないが、生き延びられるか否かは、その目的に対する意思の強さの度合いにかかっているのだ。しかし生き続けられるだけの強烈さは、人間性を蹂躙することによってのみ持ち続けられる。もはや人間ではなくて非情な機械のような存在でしかなくなるとき、彼はやっと生きていく……。作者はここで、人間と野獣との限界線を追及しているのだが、作者のこのような態度は恐らく実りある収穫をもたらすことであろう。

次に「日本読書新聞」。

◆作者の体験ものではないらしい比較的長い飯牟礼一臣の「アンペラの上の氷像たち」は、満州から引き揚げる途中で逃亡の支障となる幼い我が子を殺し、さらに妻をソ連軍に襲われる凄まじい物語である。

その他「文學界」駒田信二・評、同人誌「文藝首都」、「文学首都」、「胸像」など多数の批評を頂いた。中には「何故今頃敗戦当時の話なのか」という批判もあったが、長くなり過ぎるので割愛させて頂く。

この頃には同人の数も三百名を超える大集団となっていた。

就職での決断

卒業の時期が迫って来た。ほとんど授業には出ていない。「新人群」にばかり夢中になっていたから、単位不足で卒業できなくなる恐れがあったため、代表を友人に譲って顧問に収まった。

実はその頃、鹿児島の両親はどん底の生活だった。父が結核にかかって入院してしまったのである。その上に、満州時代の友人から自分が経営している会社の借入金の保証人になって欲しいと頼まれ、書類に印鑑を押した翌日、その人は現金を抱えて夜逃げしてしまったのである。以後、行方が知れない。

悪いことは重なる。父は入院して身動きが出来ない。セーターの機械編み機の教室を開いている母の収入だけが頼りだった。私への下宿代の送金も時々遅れることがあった。

そんな時に就職試験の時期がやって来た。母の妹、つまり叔母が第一銀行の常務を紹介してくれた。常務は東大法学部の独法《どっぽう》を出た秀才である。実家は代々千葉の我孫子《あびこ》の庄屋で、広大な土地を所有している大金持ちの長男である。学生時代から叔母に恋をしていた。

ところがもう一人、同じ独法の別の男も叔母に横恋慕していた。当時、日本の支配下にあった台湾総督の息子である。二人の争奪戦は同級生の誰もが知っていて、どちらが勝つか賭けの対象にもなっていたそうだ。

卒業直前、我孫子の庄屋の息子は、台湾総督の息子より先に手を打とうと満州の「開原《かいげん》」に向かった。その情報を手に入れた台湾総督の息子も負けてはならじと、飛行機で満州に飛んだ。タッチの差で倉岡一族に会った総督の息子は、みんなからの祝福を受けて、あっさりと結婚が決まった。汽車と船で着いた我孫子の男は、敢《あ》え無《な》く敗退してしまったのである。

しかし親友同士、付き合いは今も続いている。その昔の彼女からの、甥っ子の就職依頼である。張り切らざるをえなかったと思う。私は銀行の常務室に呼ばれた。広い部屋に一人である。私はかしこまって席についた。

テレビ局を希望していると言うと、すかさず「NHKはどうですか?」ときた。

しかし生意気にも、

「私は官僚的なところは嫌いです」

と、天下のNHKをにべもなく断った。

「それでは民間放送局への紹介状を書いてあげましょう」

精々二社か三社くらいだろうとの予想に相違、その場で全ての民放に紹介状を書いてくれたのだ。常務の顔の広さに驚嘆した。暫く雑談した後、突然常務は姿勢を正してビックリするような発言をした。

「あなた、うちの銀行にどうですか?」

私は目を丸くした。当時、銀行の給与は日本で一番高いことで有名だった。その代わり東大や一橋など優秀な国立大学の生徒が蝟集していた。私立の学生などの目でなかった。就職しても出世の見込みはない。私は牛の尻尾になるよりはニワトリのトサカになる方がいいと思った。でもそんなことは言えない。

「私はソロバンが出来ません」

と逃げたが、常務は、

「銀行は何もソロバンだけを叩いている訳ではありません。他に仕事は一杯あります」

と、追い打ちをかけてくる。

お言葉は有難かったが、民間テレビ局全部の紹介状だけを手にして帰って来た。新宿からすぐの十二社《ジュウニソウ》のアパートに下宿していたので、翌日一番近いフジテレビに行った。出て来た人事部の責任者は申し訳なさそうにこう言ったのである。

「当社は今年、大卒の学生は採用しないことになっています。しかしこの名刺を頂いた以上、採らない訳には参りません。今年は嘱託職員として働いて頂き、来年正規入社ということでどうでしょうか?」

常務の紹介状の重さに驚いた。入社試験もしないで社員にするのか。それは私の人生で為にならない。一生の禍根になるだろう。勿体ないけれど、残りの紹介状を破り捨ててしまった。今になって惜しいことをしたものだと後悔するが、その時は純粋にそう思ったのである。

結局私は、日本で初めてというスーパーマーケットに試験を受けて入社した。そして後で述べるように、「人生十年ひと節論」を引っ下げて、スーパー、ダイヤモンド社、編集会社、市議会議員、劇団代表と、十年毎に仕事を替えながら生きて行くのである。

会社員時代、三つのアルバイト

ここまで年を追いながら祖父と両親、自分のことを書いてきたが、ここでちょっと趣向を変えて、私と妻の結婚式に話を飛ばしてみよう。

私のカミさんはジャガ芋が大好きである。ドイツ人と結婚したら毎朝ジャガ芋が食べられると期待していた。だが結婚した相手は、芋は芋でもサツマ芋の特産地・九州の果て鹿児島の男であった。私である。結婚式は昭和四十六年（一九七一）年の六月五日であった。その時私は三十六歳。それから五十年。私たち夫婦は老人になり、昨年の五月に結婚してから五十年の「金婚式」を迎えた。

結婚した時、私は経済出版社のトップを自任するダイヤモンド社広告部門の第一営業部長だった。この原稿を書いている令和五年十月から五十二年も昔の話である。

結婚式場は地下鉄外苑前の青山であった。八王子に住む妻のいとこが結婚式に向かう電車に乗ると、目の前の席に五〜六十代とおぼしき上品な女性が座っていた。いとこは年取ったらこんな落ち着いた女性になりたいものだと思って眺めていた。渋谷駅に着くと品の良い女性はいとこの前を歩いて行く。渋谷に着くとその女性も同じ地下鉄に乗ってきた。

降りた場所も同じなら結婚式場も同じであったから不思議な縁あるものだと配られた座席表を見ると、彼女の席は貴賓席でダイヤモンド・エージェンシーの副社長と書いてある。女性で副社長なのかといとこはびっくりしたという。

話をダイヤモンド社に戻そう。

「ダイヤモンド・エージェンシー」というのは、ダイヤモンド社の広告専門会社だ。私は毎週発行される「週刊ダイヤモンド」とその週に発行される単行本の広告を新聞各紙に掲載することと、国電・私鉄に週刊誌の車内吊りを掲出するのが主な仕事で、後はダイヤモンド関連会社の紹介や本社と提携して代議士や市長などの選挙運動も手伝ったりした。

ダイヤモンド社は本体の他に就職と旅行案内が専門の「ダイヤモンド・ビッグ社」、社長クラスの月刊専門誌を発行する「ダイヤモンド・プレジデント社」、アメリカのスーパー専門誌と提携した「ダイヤモンド・リード社」、印刷専門の「ダイヤモンド・グラフィック社」、企業PR誌、社内報、経営ビデオの制作を担当する「ダイヤモンド・プランニング・サービス」などがある。中には「月刊BOX」、「数理科学」などという単体の月刊雑誌の別会社まであった。

なぜこんなに沢山の子会社を作ったのか。それは、〝経済落語〟を頭に据えて庶民にも人気のあった社長の石山四郎が、本社本体の賃上げ闘争やストライキを嫌い、労働組合の勢力を分散させようとしたからである。社内ではそのうちに、「週刊ダイヤモンド社」という別会社まで出来るだろうという冗談ともつかぬ噂まで飛び出していた。

私が部長に就任した前後のダイヤモンド社は、ドラッカーの『断絶の時代』がベストセラーになって、隣のビルを買い占めるほど大儲けした。私のボーナスは一回で十カ月分。袋を縦にしても倒れない分厚なものであった。

ダイヤモンド・エージェンシーの副社長は加藤田鶴という。軍歌「加藤隼戦闘隊」で有名な加藤隼戦闘隊長の奥さんだった人である。戦後はファッション会社でデザイン関係の仕事を手伝ったり、保険会社のセールスレディをしながら二人の息子を育て上げた。私とは気が合って戦後の苦労話を聞かせて貰った。私も「いつかは田鶴さんをモデルに『隼の妻』というドキュメンタリー作品を書かせて頂きます」と約束したが、約束を果たす前に田鶴さんは亡くなってしまった。

私は既に述べたように、早稲田大学第一政治経済学部政治学科を〈追試〉でやっと卒業するほどスレスレの超低空飛行で、当時出来たばかりのスーパー「東光ストア」(現在の東急ストア)に就職したのである。

東急電鉄の五島慶太社長が戦後アメリカのスーパーマーケットを見学して、こんな会社を日本でも展開してみたいと開業したのである。日本で最初のレギュラーチェーンである。ダイエーが開店したのはその後だ。

東光ストアは五島慶太に買収された銀座の「白木屋百貨店」と、渋谷の「東横百貨店」の社員を中心に昭和三十一年（一九五六）十月十日に東横興業株式会社として誕生した。それを追うようにして西武ストア、主婦の店ダイエー、イトーヨーカ堂など、現在の大型スーパーの源流となる企業が相次いで設立された。

私は昭和三十五年（一九六〇）、大卒三期生として入社したが、誰も新しいスーパーがどんなものなのか知らない。百貨店から来たベテラン先輩と今日入社したばかりの高卒の女子店員とが同じレベルである。ある店で新人の女の子が魔法瓶を縦陳列にしたら売上が三倍になったという情報が入ると「それ！」と全店が真似をする。ＰＯＰの書き方も知らない。これは「ポイント・オブ・パーチェス」を略したもので、商品の特徴を簡略に説明することなのである。私は缶詰売り場を担当している時、お昼ご飯のおかずに毎日缶詰を食べて勉強した。

ある日、マグロの缶詰を開けたらものすごく美味しい。「うん。これはいける」と直感した。すぐさま「お酒のおつまみにピッタリ」とＰＯＰを書いたら、その日の内に在庫がなくなってしまった。恐るべき効果に書いた本人が驚いたものである。

最初に就職したスーパーに在職中から、仕事の合間に三つのアルバイトをした。全て同人雑誌「新人群」時代の旧友たちからの依頼である。マスコミや広告会社に就職した彼らが、「大将を助けろ」と応援してくれたのだ。

一つはデパートの新聞広告である。旧友から頼まれて広告のキャッチフレーズやコピーを担当した。二つ目は「週刊大衆」の艶笑コラムの執筆である。「なんで真面目な男に」と最初は断ったが、「真面目な大将が書くから面白い艶話になる」のだと言う。毎週であるから忙しい。汗をかきながら健筆？　を振るった。

三つ目は日本で初めてのワイドショー「木島則夫モーニングショー」の中で、サブのキャスター二人が喋る生コマーシャルの執筆である。生コマの一人は栗原玲児、もう一人は地方の放送局から選ばれた女性のキャスターだった。栗原玲児は令和元年（二〇一九）八月に肺ガンで亡くなった。後に料理研究家として活躍する栗原はるみは、玲児の奥さんである。

ワイドショーの生コマ執筆は、番組制作会社・博報堂からの依頼であった。生コマ制作は日曜を除く毎日だから、休む暇もない。責任上、スーパーの休みの日にスタジオまで見学に行く。ガラス張りのスタッフ室から木島則夫の顔を捉える1カメ、2カメが移動する中、「そろそろ泣くぞ！　アップの用意！」と指示が飛ぶ。彼はインタビューの途中で悲しい話を聞くとスグ泣き出すことで有名だったのである。

木島は「泣きの木島」、その後に出て来た別の局の司会者は落語家の桂小金治。木島と反対に「怒りの小金治」で競っていた。視聴率争いも激しかった。だが怒りの小金治も泣いたことがある。出演する局へ行く途中、横断歩道を渡る小学生が目の前で後ろから来た乗用車にはねられて即死したのだ。目撃者として事情聴取され、遅れてスタジオに登場した落語家は泣きじゃくっていた。

当時のテレビコマーシャルは録画ではない。全てナマだった。生コマを歌う歌手はテレビ局を飛んで回った。生コマだから思わぬ事故もある。

ある局で電気掃除機の宣伝をした。

「さあご覧ください、この吸塵力の素晴らしさ！」

だが掃除機はウンともスンとも動かない。生コマの担当者は青くなった。その内、宣伝の時間が過ぎ、次の話題に移る。後で調べてみたら電源のプラグが入っていなかったのである。動かない訳だ。

　この三つのアルバイトは、その後店舗から本社勤務になったので辞めた。給与も高くなってバイトの必要がなくなったこともある。短い期間に色々な経験をさせて貰った同人雑誌の旧友たちには感謝である。

広告宣伝係から能力開発課長に

スーパーでは販売促進係、広告宣伝係と内勤が続く。広告宣伝の時は「チラシは主婦へのラブレター」と商品説明やチラシのタイトルに気を配った。そればかりかお客様からの投書まで掲載した。ある新聞販売店は「これは新聞の投書欄と同じでけしからん」とチラシの配布を断った。多くの主婦たちが東光ストアのチラシを新聞に入れないのなら、購読する新聞を別にすると非難が殺到したとかで、慌てて詫びを入れに来た。「主婦へのラブレター作戦が実を結んだ」と嬉しかった。

最後は人事と能力開発の課長だった。朝早く出社して全ての新聞、業界紙の中から忙しい重役さん達に役立つ情報をA4判の用紙に編集、「デイリー・インフォメーション」と名付けて毎朝配布し、役員たちをビックリさせた。社員には月一回の社内報の他に、週一回の情報新聞「ウイクリー会報」を配布した。まるで出版社並みの働きであった。この動きにダイヤモンド社が注目していたらしい。

大卒の入社試験の前日、試験会場に予定していた大学から「全学連が学校を封鎖したので試験にお貸しすることが出来なくなった」と断りの電話が入った。

試験は明日じゃないか。地方から出てくる大学生もいる。どこのホテルに泊まっているかも判らない。受験生に連絡することは不可能である。専務室に飛び込んで言った。

「今から全学連と交渉して来ます」

呆気に取られている専務を後に、試験会場の大学まで飛んで行った。大学の事務室はどっちが全学連かと見間違うほど鉢巻を締めた事務員でごった返していた。「全学連と交渉しに来ました」と言う私に、事務員は「そんなことは不可能だ」とニべもない。

全学連の代表がどこにいるのか判らない。鉢巻を締めた学生に、「何しに来たのか！」と小突かれ生きた気がしない。試験会場を借りに来たスーパーの社員だと名乗ると、「なんだ資本家の手先か」と馬鹿にされた。一時間ほどしてやっと代表に会えたのは、何と階段の踊り場であった。

結論は速かった。

「私たちは大学と闘っているのです。別の方に迷惑をかけることは致しません。明日は封鎖を解きます。どうぞ試験会場としてお使い下さい」

ホッとして会社に戻った。人事部の全員が歓声を上げた。誰もが、怪我もせず無傷で帰って来るとは思ってもいなかったのだ。専務にも報告した。「良かったな」と専務はにっこり笑って握手してくれた。

人事部の課長だから社員全員の勤務成績表を見ることが出来る。私は大卒三期生だったが、どんな評価が下されていたのだろうかと気にかかった。自分のランクを見てビックリした。何と同期の中でトップだっただけでなく、一年先輩も抜いていた。驚いたのは大卒一期生四人の中で一目置いていた二人と同じなのだ。給与も賞与も同額である。本当にそれだけの職責を果たしているのだろうか、経営陣の期待にそえているのかと瞑目した。

ダイヤモンド社へ

程なくスカウトされる日がやって来た。それが前述のダイヤモンド社だった。石山四郎は「三千人もの会社の人事をこなしていたあなたを、僅か五百人の当社に迎えるのは申し訳ない気もするが、新しい血も欲しいのです」と言った。配属先は広告部門のダイヤモンド・エージェンシーに決まっていた。

エージェンシーの代表者が東光ストアを訪れ、正式に私の移籍が決まった。ストアの専務もニコニコして言った。

「俺は毎日新聞の総理担当から東急電鉄に移った。いわばマスコミから実業界への転身だ。飯牟礼君は逆に実業界からマスコミ界だ。元気で頑張れ」

東光ストアとの違いは沢山あるが、一つだけ挙げれば印鑑の有り無しである。例えば出張する場合、ストアは本人、上司の係長、課長、部長、経理に回ると経理担当、経理係長に課長、部長といくつものハンコが押されて、初めて現金が支給される。

ところがダイヤモンド社は、ハガキ半分の小さな紙に出張する本人と部長の二つの欄しかない。それも印鑑ではなくサインである。本人と部長が認めたのであれば、経理は「それでよろしい」と現金を支給するだけの話なのだ。

出張する時、私は二つのサイン欄しかない出張申請書を前に困惑した。経理は「自分の部長欄にだけサインして下さい。それで全て終了です」と笑っていた。

結婚と我孫子の我が家

ダイヤモンドに入社してすぐ結婚話が転がり込んできた。「新人群」の友人が持ち込んで来たものである。

友人がある結婚式で一人静かに座っている若い女性が眼についた。「彼女なら大将の相手にふさわしいのではないか」と伝手《つて》を頼って所在先を確認した。その女性は島根県出雲市の出身で、生まれてすぐ戦地から戻って来たばかりの父親を結核で亡くし、父親の顔を知らない。不憫に思った父の弟、つまり叔父さんが彼女と彼女の母親を東京に招いて面倒を見ていることが判った。叔父さんは東京の砂町で産婦人科を開業している。

彼女は出雲高校の「特別進学コース」に在籍、県外の名のある国立大学で勉強するであろうと期待されていたらしい。ところがよりによって受験直前、盲腸にかかって入院し手術。今ならすぐ退院できるが、当時は一週間の入院だった。

退院したらもうどこの国立大学も願書締切りの期限が過ぎていた。母親の細腕一本、洋服の仕立てで暮らしているので、金のかかる私立大学は受験できない。

調べてみたら「日本社会事業大学」は厚生省の管轄で、授業料は国立大学と同じだった。通称「社事大」は福祉の分野では日本一と言われ、入学式や卒業式には厚生大臣が祝辞を述べる。天皇陛下まで視察に訪れる格式の高い大学であった。熊本県知事になった潮谷義子さんも卒業生である。彼女は卒業式では代表挨拶をしたくらい、優秀な学生であった。所在地は原宿からすぐ傍。薄汚れた旧海軍省本部を校舎にしていた。今は東京都内の清瀬市に移転。広大な敷地に新しい校舎が聳え立つ。

ちなみに役所がバックの大学には「社事大」の他に、防衛省の「防衛大学校」と国土交通省管轄の「気象大学校」の二つがある。

カミさんは卒業と同時に紡績の「カネボウ」に就職した。一緒に入社した同期の女子学生は全員地方各地の工場に回されたが、何故かカミさんだけが東京の亀有工場であった。宿舎に泊まり込んで主に中卒社員の面倒を見る。朝早くから働く女子工員や、昼からの勤務となった女子工員たちを束ねて、NHKと提携していた高校通信教育を学ばせる。彼女は得意な数学を教えたかったが既に先輩が担当していたので「地理」を教えることになった。

周りの男性は全てと言ってもよいほど慶応大学経済学部卒の秀才だから、身の縮む思いであったらしい。周りは若い女性ばかりである。誘惑も多いが、女子工員に手を付けた男性は即座に出世コースから外される仕組みになっていた。

やがてカミさんは私と見合いし、一緒に暮らすことになった。

最初の住まいは「新人群」の友人が渋谷の青山学院近くのマンションを斡旋してくれた。仁丹ビルのすぐそばである。通勤には便利だが、自分の家を持ちたくなって東横線・菊名の一軒家を手に入れた。どこかの学校の校長先生の家だった。教え子の親が「先生の為なら」と腕を振るった家で、小さいながら頑丈である。だが敷地はわずか二十坪。違法建築ギリギリの建物であった。

ここで娘が誕生した。

私は一人っ子なので、将来は鹿児島の両親を引き取らなければならない。それにはもっと大きな二世帯住宅が必要である。どこかないかと毎朝新聞を広げては不動産広告に目を通した。小さな広告にも目を通す。コピーはこれ以上短く出来ないほどの短文が並んでいて、理解するのに一苦労した。

「建㊻・道路面陽当良庭広車可再度得難」

句読点がなく、どこで切ってよいのか判らない。「建㊻」とは「築四十六年」を短くしたものであろう。漢文の素読と同じようなものだが、それにしてもよくまあ、これだけの情報を詰め込んだものだと感心するほど凝縮したコピーで、業者の思いの丈が理解できる。

初めてお目にかかる言葉もある。例えば、一体こりゃ何じゃと言いたくなるのが「法有道含」である。「法」が難しい。法は「ノリ」と読む。「法面《のりめん》」と書くこともある。これは傾斜地。平たく言えば崖のこと。登記上は崖であろうが池であろうが面積の内。しかし同じ百平米でも「ノリ」があると平らな土地よりも実質有効面積が少なくなって損をする。

「道含」はどういう道のことやら判りにくいが、これは「私道を含みます」ということだ。私道はあくまでも道路で、その上に家は建てられない。登記上は宅地面積の中に含まれているから、百平米の土地に二十平米の私道があると、実質的には八十平米しかないことになる。一つの土地に「法」と「私道」があると、ものすごく狭い敷地になるから注意が必要になる。

更に「一種住専門」、「第二種住宅区域」、「準工業地域」、「近隣商業地域」など全部で八つの区分がある。詳しい説明は省くが、「市街化調整区域」には気を付けなければならない。買うのは自由だが、OKなのは家庭菜園とか農機具倉庫くらいのもので、人間が住む家は建てられない。知らないで買ってしまって臍を噛む人が結構いるそうだ。

ある程度の知識を得たところで、家探しが始まった。問題は二世帯同居の土地選びである。懐との相談もある。横浜も東京も高くて手が出ない。千葉ならどうか。東京に接する松戸ですら及びでない。鹿児島の人間にとっては上野から先は「都落ち」するような侘しさに囚われるのである。

妻は生まれたばかりの赤ちゃんの世話で一緒に土地探しをするわけにはいかない。一人侘しくトボトボと土地勘のない街の不動屋さんを訪ねて歩いた。戦時中はアメリカの空襲から逃れるために移り住んだと言われるほど田舎だった柏の不動産屋を訪ねてもラチがあかない。とうとう我孫子にたどり着いた。ここの不動産屋さんは「我孫子は千葉の鎌倉。志賀直哉、武者小路実篤、バーナード・リーチなど錚々たる文化人が住んだ町です」と意気盛んである。

地下鉄の千代田線が東京から茨城県の取手まで延びたが、我孫子と取手の中間に「湖北」という新しい駅も建設されて楽しくて便利な街になるという。失礼ながらこの業界は千に三つしか本当のことを言わないと「千三つ屋」の異称で呼ばれることもあったから、話半分で聞き流していた。

しかし何軒か回っていたら、東京都庁に勤める部長さんが同じ我孫子の新開発地区の家を購入、今まで住んでいた土地付き住宅を売りに出したが高くて売れず、とうとう捨て値で売ることになったという「いわく付き」の物件が飛び込んで来た。

まだ充分に住める平屋のプレハブ住宅が付いている百坪の敷地だという。百坪とは驚きだ。精々五十坪程度の土地を探していた人間とっては狂気の沙汰だ。七十坪の鹿児島の実家を超える。一瞬、オヤジを抜いた気持ちになった。値段の方もこちらの希望価格を超えるが、買えない値段ではない。

案内して貰った。確かに広い。家は高台にあるから洪水に浸かる心配もない。庭の中央には小さいながらも池があって、周りを大きな棕櫚の木が囲んでいる。横にはバーベキューの出来る円形のコンクリートブロックまでしつらえてあるではないか。申し分のない物件である。清水《きよみず》の舞台から飛び降りる気持ちで手を打った。

ただ我孫子から勤務先の霞が関までは電車で約一時間かかる。調べてみたらダイヤモンド社まで我孫子から何人かの人が通勤している。その一人に「我孫子から通えますか?」と聞いてみた。聞かれた男は怒ったように、「私は毎日通っています」と答えた。馬鹿な質問をしたものだと恥ずかしくなった。一時間は本を読むには丁度いい時間である。毎日往復の時間を図書館代わりに使わせて貰うことにした。

菊名の家はすぐに買い手が付いた。さあ、引っ越しだ。大型トラックに荷物を積み、赤ん坊の娘を抱いて一家三人が新居へ移った。

それから五十年、娘の通う小学校のＰＴＡ会長を皮切りに、ダイヤモンド社定年退職後は赤坂で編集会社の社長、我孫子の市議会議員、市民劇団の公演など、十年ひと節で沢山の仕事をしながら、大人になって結婚した娘が住んでいる東京のマンションに移るまで我孫子で暮らした。

娘は我孫子の中学校を敬遠して東京の共立女子中学校に進学させた。なにしろ当時の我孫子の中学は異常なほど部活に力を入れており、稽古は夜遅くまで続く。我孫子の駅で「卓球の試合に負けたのはけしからん」と生徒が指導教諭から殴られているのを見て心臓が止まった。

娘が東京の中学の授業を終えて帰宅しても、まだ昔の友達たちは部活に励んでいたのである。旧友に会うことも出来ない。

娘は学校から近い毎日新聞の子供記者に応募して採用された。毎週一回日曜日に掲載される「少年少女のページ」の担当である。学校の訪問記事やインタビュー、書評、大学受験の予備校の話など多彩に亘る。感心したのは堀田力の政治小説『否認』であった。汚職事件をテーマに書いた力作を娘が記事にした。親が言うのもおかしいが、一読三嘆なかなかの力作。「飯牟礼充代」の筆者名が紙面で踊るような感じであった。

ある日、妻に大声で「お～い、あの充代の『否認』はどこにある?」と聞いたら、妻が飛んで来た。

「ヒニン、ヒニンと大声を上げないで下さい。娘が避妊したのかと勘違いされます」

さもありなんと身を縮めた。

娘が高校二年の時だったか、新聞社がアメリカの高校生数人を日本に招待した。その子たちを三日間、輪番で子供記者の家で世話をすることになった。我孫子の我が家までやって来たのは、ニューヨークの日本博物館でボランティアをしている学生だという。

「いらっしゃいませは、英語で何と言うのだろう」

と悩みながら駅まで迎えに行ったら、彼は流暢な日本語で、

「初めまして、お世話になります」

と言った。やって来たのは青い目のアメリカ人ではなくベトナム人だった。ベトナム戦争が終わって樹立された政府は富裕階級の国民を弾圧したので、彼の両親は上海に亡命した。彼も遅れて上海に流れて両親と一緒になると、一家はアメリカのニューヨークに逃げ、中華街で飲食店を開店した。そして彼は日本博物館に雇われたのである。彼は原爆の核問題をテーマにした日本の漫画「北斗の拳」を愛読。自分のことを「ケン」と称した。日本語と英語を取り混ぜた会話は愉快であった。

私が「今あなたの座っている所は、床の間を背にした上座《かみざ》です」と言うと、彼は「上座」とは何かと聞いてくる。返事に困ってとっさに「ファーストクラス！」と叫んだ。彼はファーストクラスと聞くと、飛び上がって喜んだ。飛行機で特別待遇を受けるファーストクラスを想像したのであろう。

三日間はあっという間に過ぎて行った。彼によると私の家での三日間が一番楽しかったそうだ。私たち一家も嬉しく思った。

東京で故郷の「おはら祭」開催

彼が帰国してから面白い催し物に巻き込まれた。「おはら祭」の東京開催である。鹿児島では十一月三日の文化の日に開催される。鹿児島の県を挙げてのお祭りで、それを目的に里帰りする人もいるほどだ。

四国の阿波踊りと同じように、「おはら祭」も東京で開催してみようというプランが持ち上がったのだ。開催場所をどこにするか。西郷さんの銅像がある上野公園が候補になったが、ブラジルのサンバで使われているからと断られてしまった。銀座は踊りで道を塞ぐことは認められないと、こちらもアウトになった。

最後に出て来たのが渋谷だった。道玄坂をメインに開催できないものかと渋谷区長に相談したら、何とその時の区長が鹿児島の出身だった。すぐさま渋谷警察に連絡を取ってあっさりと許可が下りた。夢はふくらむ。ＮＨＫホールで鹿児島出身の歌手を総動員した「歌謡ショー」を開催しようという実現不可能に近いプランまで出て来た。その責任者に抜擢されたのが私だった。何しろＮＨＫホールの収容人員は三千人である。そんじょそこらの企画では埋めることが出来ない。恐る恐るＮＨＫの会長に相談したら、彼もまた渋谷区長同様、鹿児島の出身だった。同県人のよしみで「どうぞ、どうぞ」である。

これは責任重大。まず考えたのが司会者だった。さっと浮かんだのが当時、司会者として有名な宮尾すすむだった。彼も鹿児島生まれだ。交渉したら一発でＯＫが出た。後は鹿児島出身の歌手である。誰に出て貰うか。先ず森進一。彼を外すことは出来ない。市内の長田中学校を卒業している。女性は佐多町出身のオペラ歌手・中島啓江《けいこ》である。二人とも喜んでくれた。大物二人が決れば後は楽である。声を掛けたほとんどの歌手が出演してくれることになった。

後は多種多様の控室をどう振り分けるかだ。特別室は当然森進一だ。お風呂付きの豪華版である。次の中島啓江は、風呂こそないが大きな鏡の付いた特別室である。後は単なる個室、数人部屋、大部屋となる。その差は大きい。誰をどの部屋にするか頭を悩ませた。

踊りの進行司会は鹿児島のＮＨＫで天気予報を担当していた女性が受け持った。実は彼女は共立女子大の時から「新人群」の団員で、慶應大学出身の彼女の旦那もまた「新人群」という奇縁であった。

数々の苦労をよそに入場券は飛ぶように売れた。あっという間に三千枚が無くなったのである。その一方「おはら節」の踊りも稽古しなければならない。踊りの稽古用に歌と踊りを組み込んだカセットテープを買って何日も稽古だ。我孫子の県人会は栄えある「鹿児島市長賞」を獲得した。

踊りの審査委員長であった大山勝美が、鶴丸高校の先輩だったので甘い評価を下してくれたのであろう。大山勝美はＴＢＳのプロヂューサーで数々の番組で実力を発揮していた。そして私と同じく満州の奉天にいた。奥さんは女優の渡辺美佐子である。

中島啓江の控室の担当に任命したカミさんと娘も、楽しそうに手伝ってくれた。

福祉の道へ進んだ娘、そして結婚

娘は中学・高校・大学と共立女子だったが、何を考えたのか母親が学んだ日本社会事業大学の「研究科」（今の大学院）に入った。大学の先生たちとは今に至るも交流がある。後で聞いた話だが、娘の入学試験の点数は校内の話題になるほど「すごいものだった」らしい。

娘は福祉の分野を目指して東京都庁の試験を受けるつもりだった。東京の前に横浜市役所の試験があったので肝試しのつもりで受けたら、二次試験、三次試験、面接と、トントンと進んで合格してしまった。なら、ここでも良いかと横浜市に就職することにしてしまったのである。

最終面接でどのセクションを希望するかと聞かれ、「福祉分野の一番忙しい部署で働きたい」と答えたそうだ。最初は保健所などを型通りに通過した後、「市民局人権課横浜市犯罪被害者相談室」という長たらしい名前の部署を担当することになった。開設以来、初めての女性職員の誕生だから注目を集めたらしい。

仕事は厳しい。昼であろうが深夜であろうが麻薬患者らしい人物が暴れていると呼び出され、警官と一緒にパトカーで駆けつける。娘の判断で警察に送るか、精神病院に入院させるかが決まる重要な役だ。事件のない日は、役所に適応できずに悩んでいる職員、子どもが引きこもりで困り果てている人などの相談に応ずる。「麻薬の恐ろしさ」を教える。学校や市民団体への講演会でも忙しい。

福祉の世界には色々な資格がある。国家試験だけでも社会福祉士、公認心理師、精神保健福祉士がある。福祉士と心理師、「士」と「師」がどう違うのか、門外漢には理解できないが、それぞれに難しい試験を突破しなければならない。特に精神保健福祉士は今の日本では最高の資格。誰もが取れるものではない。娘は必死に勉強した。家庭では子育てと家事に精を出す。子供の保育園と小学校だけでも、運動会や文化祭、進学指導などで、てんやわんやの大騒ぎである。

孫たちは三人とも地域クラブのサッカーや進学塾で必死に駆けずり回っている。

食欲もハンパではない。どこの家でもそうらしいが、お米もすぐになくなる。弁当のおかずも頭が痛い。一体いつ体を休めるのだろうかと心配である。

娘婿も慶応義塾高校の英語の教師と野球部の部長の掛け持ちで忙しい。彼は兵庫県小野市が実家で高校から慶応に進んだ。大学も当然慶応だが、彼は経済学部で学んだあと英語も勉強したいと文学部でも勉強した。

野球は高校時代からやっていたが正選手にはなれなかったそうだ。しかし監督から重宝されて、大学を卒業すると英語教師のかたわら「野球部長」となった。野球部長は監督と一緒にベンチに入れる。選手探しも彼の重要な仕事で、全国の中学を回ってこれぞと思う生徒をスカウトする。

しかし慶応は他の高校とは違って野球がうまいから「ハイ、どうぞ」という訳にはいかない。ちゃんと入学試験を受けて合格しなければならない。これは難関である。有名な高校だから、そんじょそこらの学力では不可能なのだ。頭も良くて野球もうまい中学生はそんなにいない。だから慶応に入れた野球部員は粒揃いがひしめいている。

娘が横浜市役所に勤めてから数年後、突然「結婚したい人が出来ました」と連れて来たのが野球部長の彼だった。普通、男親は娘を手放すのを嫌がると聞いているが、「娘さんと結婚したいと思います」と両手をついて頭を下げた彼を、私は一瞬にして気に入った。

彼は如何に慶応の野球が強いか力説したが、私は「慶応のお坊ちゃんが」と信用しなかった。ところが二人が結婚式を挙げている最中に、甲子園春の選抜への出場が決まったとのニュースが飛び込んで来た。式場は一転して「出場祝賀会」になった。学校で稽古をしていた選手たちが「野球部長」の結婚式場に現れ、校歌を斉唱したのである。この時、私は初めて慶応が強いことを知ったのである。

実は結婚する前、兵庫県小野市に住む彼のご両親が我孫子まで挨拶に来られた。結婚相手の父親は市議会議員だと聞いて、議員と聞いただけで拒否反応が出たのだろう。議員に碌な奴はいない、悪いことばかりしているのではないか、一応どんな男か確かめておこうとやって来たのである。話してみると実直な男のようだと安心したらしい。

娘の渡米と復職

程なく娘婿はニューヨークのコロンビア大学に留学。教育学の専門コースで勉強することになった。娘も一緒についていくことになった。横浜市役所は反対した。規定によって退職扱いになるからである。それでも娘は滅多にない機会だからと夫と共に渡米した。

アメリカでは付いて行った女性はどこかに勤めて収入を得ることを禁じている。と言って遊んでいる訳にはいかないから、ボランティアで福祉の仕事を手伝った。

娘婿はどこで覚えたのか、魚をさばくのが得意だった。それだったらと、お歳暮に冷凍した鮭を丸ごと一匹、航空便で送った。早速、彼は頭から尻尾まで無駄なくさばいて滞在中の日本人に振る舞った。久しぶりに味わう鮭の切り身を、涙を流しながら食べた人もいたという。

やがて帰国の日が近づいた。帰国前に横浜市役所から娘に、中途採用の試験を受けて復帰して欲しいとの連絡があった。年末だったので一時帰国を兼ねて試験を受けて、またアメリカに戻った。合否の結果は親元の私宛に来ることになっていた。

成績表が送られて来た。封を開いてびっくりした。何とトップ合格だったのである。成績表には受験者の人数と試験の成績、面接の評価などがずらりと並んでいる。最近は多くの役所が受験成績をオープンにしているが、現物を見るのは初めてだった。娘は喜んで再就職した。娘婿も「何しろ一番ですからね。かないませんよ」とニコニコ顔である。

帰国後の住居は新築間もない巨大なマンションだった。二十階建てのマンションが事務棟も含めて五棟ある。庭には子供用のブランコ、バーベキューコーナー、散歩コースに休憩所と多彩である。斜面は大きな滝である。終日水が流れ、春になるとカモメが毎年几帳面に九羽の子供を産む。なぜ八羽や十羽ではなく九羽なのだろうか。不思議である。

カモメが多摩川に向かう道路にはお巡りさんが旗を持って出てきて交通整理に当たる。止められた車もニコニコとカモメが通り過ぎるまで待っている。いい風景だ。

マンションの地下は何百台もの駐車場に外車がズラリ。私たち夫婦は七十歳で免許の更新とおさらばしたので関係ないが、もし普通の国産車に乗っていたら恥ずかしかったのではないかと身が縮む。それだけではない。軽く二十人は入れる大浴場に温泉プールまである。蒲田の駅でタクシーに乗って行先を告げると、「ああ、あの温泉のあるマンションですね」と言われるほど知名度が高い。

マンションに付属して内科のクリニック、予備校、有名なバーベキュー店まで開店している。住人はざっと千人である。驚いたのは、生ゴミ、プラスチック、空き缶、新聞紙などが毎日捨てられることである。これは助かる。

交通の便も良い。蒲田の駅から東急電鉄の電車でふた駅目の「武蔵新田」である。そこから歩いて十分。すぐそばに巨大なキヤノンの本社が聳え立つ。

武蔵新田は「ムサシニッタ」と呼ぶが、「ムサシシンデン」とも読める。武蔵野を遠く離れた田んぼの村と勘違いした人が、武蔵新田駅前で開業した医者に「そんな辺鄙な田舎に患者はいるのか?」と心配したそうだ。

ところがドッコイ、武蔵新田駅を起点にスーパー、コンビニ、病院、図書館、劇場、区役所の支所などをぐるりと一周する東急電鉄の「たまちゃんバス」はどこまで乗っても一律百六十円。スーパーで買い物しようと思えば、東武ストア、マルエツ、オーケーストア、ウエルパーク、西武ストア、オリンピック、スーパーではないが衣料品店しまむら……朝から夜まで30分おきにぐるりと一周するから人気がある。

娘と同じマンションへ転居

鹿児島の父は定年になるとすぐ鹿児島一の繁華街、天文館で好きだったマージャン屋を開店した。満州でも豪族を相手に手合わせをしてギャフンと言わせた実力の持ち主である。客を大学教授、社長、医者などステータスの高い人物に限定した高級店は大繁盛だった。警察署長までこっそり勝負にやって来た。

我々夫婦が娘を連れて帰省すると、大喜び。市内で最高のうなぎ屋や牛肉店などで接待してくれた。昼は店を抜け出すことが出来ないので、私たちは西郷隆盛終焉の洞穴や水族館、果てはカキ氷店巡りなどで時を過ごす。

やがて我孫子に呼んで十数年、両親の面倒を見た。母は大腸ガン、父は肺ガンでこの世を去った。墓参りにも便利な、品川から近い無宗教の墓所を選んだ。参拝すると仏教、神道など宗派に合わせて式をやってくれる。娘も気に入ってくれた。

話は違うが鹿児島の垂水《たるみず》には「飯牟礼神社」があるが、大分の臼杵市にもあるという。珍しいものではないのか不思議である。どちらの「飯牟礼神社」も訪ねたことはない。死ぬまでに一度、由緒ある神社に柏手を打ちに行きたいと思っている。

さて「お母さん、助けて〜」という電話こそなかったが、娘が猫の手も借りたいほど忙しいのは判っていた。何とか手助けしようと我々夫婦が永年住んだ千葉県我孫子市から東京大田区のマンションに飛んで来たのは三年前のことであった。住んでいるのは、娘夫婦とはスープの冷めない距離の別棟である。妻は孫の世話ばかりか炊事・洗濯・ゴミ捨てなど盛り沢山の雑用に追われて休む暇もないが、男の私が手伝う仕事はそんなにない。情けないが、孫の頭をなでるのと多少の小遣いを与えるのが精々である。

転居した翌年、大田区の高齢者健康診断で「ガンの疑いがある」と大手の大学病院を紹介された。診断の結果、肝臓ガンだった。早速手術。長さ十二センチ、幅八センチ。切除に八時間。病院全体が固唾を呑む大手術となったが、一命を取り留めた。私は睡眠薬で眠っているので騒ぎを知らない。続く精密検査で肺ガンが見つかるが、もう歳だけに、二度の手術は危険だと放射線治療をほどこすことになった。肝臓ガンと同様、こちらも順調に回復。医師から「あなたは稀にみる生命力の持ち主です」と誉められた。それだけではない。肝臓ガンも肺ガンも、程なく数か月に一回の検診で済むようになった。

それから数か月経った。今度は大学病院からマンション内の内科医に、二つのガン全ての症状が通達され、そこで薬が貰えることになったのである。これで大学病院に通うのは年に二回で済むことになった。いつまでも自分の大学で患者を抱え込まない連係プレーのすごさに驚嘆した。感謝の一言であるが、これをひっくり返すような悪魔の通知が保険会社から届いた。

私がまだダイヤモンド社にいた三十歳くらいの遠い昔、目先の利く先輩が日本で初めてのガン保険を扱う代理店を設立。ダイヤモンドの先輩・同僚共々私も加入した。彼が死んだ後は本社が業務を引き継ぎ、今日まで五十年以上も保険料を支払い続けていた。先日、本社から届いた諸々のアンケートに答えたところ、「あなたの保険は継続が不可能となりました」との通達。一方的な契約破棄である。切って捨てたような理不尽な話だがあらがうスベもない。「死亡保険」もパーになってしまった。

悪いことは重なるもので、悪性のコロナに襲われた。何かおかしいと感じた妻が引きずるようにしてマンションのクリニックに連れ込んで診察して貰ったら、即入院となった。ウ〜ウ〜ウ〜と救急車で運ばれた都立病院で、早速点滴・注射。トイレ付きの個室に入れられてしまった。熱もある。氷枕のお世話になる。だけど三日後から支給された食事はペロリと平らげ、もっと食べたいぐらい旺盛な食欲。十日で退院出来た。確かに「稀にみる生命力の持ち主」である。ところが私の退院と入れ替わりに、今度はカミさんが肺炎で担ぎ込まれた。最低二か月は入院との診断だった。

私は家事が不得手である。洗濯と掃除は何とかこなしたが、調理は出来ない。妻の不在中は夜食の弁当と明日の昼までのおかずを求めて、値引きが始まる夕方六時過ぎに近くのスーパーへ飛び込む。品選びも面倒で毎日似たようなものになるからマンネリ感は避けられない。箸の動きも重くなる。

初めは二か月と言われたカミさんの入院も二十日ほどで退院になった。「お帰り」と抱き締めたくなったが、いかにも疲れ果てた顔を見て気力が失せた。気の毒にも歩くのもすり足、ベッドに伏せるのも一騒動であった。当然外に出るのも歩行器である。

私も歩行器だから、外出は二つの歩行器がよろよろと並んで動く。病気の後始末は惨めなものである。毎月一回、二人とも診療所の定期検診がある。時々、娘婿も英語の授業と野球の稽古の間をぬって私と妻を病院まで運んでくれる。申し訳ない気持ちで一杯である。

その一方甲子園で仙台育英高を破り、百七年ぶりの全国制覇を果たした歴史的な快挙に病院のテレビで立ち会うことが出来た。滅多にないことなので、優勝記事の出ている雑誌を買いまくった。孫たちもテレビで父親の姿が映し出されると、「あっ、お父さんだ」と歓声を上げる。

十年ひと節論

その直後の夏の盛り、立て続けに私と妻のいとこがこの世を去った。

私のいとこは私より六歳も下なのに、認知症に罹って病院で死んだ。妻のいとこの奥さんは熱病だった。病院は嫌だと自宅で静養中、冷たい水が欲しいと一口飲んだ。「おいしかったわ」と喜んで、そのままこの世に別れを告げた。二人ともあっという間の人生だった。

私の人生はどうなるのだろうか。少し気弱になる。主なものを挙げると、前半でも述べた放送劇の脚本である。これは九州全部の民間放送局の主催で文部大臣賞を獲得した私の作品は、十一月三日の文化の日に流された。祖父から七十三年も前「これからどう生きるのか考えなさい」と褌の儀で命ぜられ、政治家からボードビリアンの間で揺れ動いたことを思いだす。「人生十年ひと節論」を考えついたのもその時だった。

主なものを挙げると、前半でも述べた全九州の民間放送局の放送劇で文部大臣賞を頂いた「小さな反抗」である。以来いくつもの賞を頂いた。大学時代は同人雑誌の「新人群」で名を売った。両親は父の結核、友人の会社の保証人で騙され無一文。母の編み物教室で支払いを続けた。借金を全額払い終えた時、銀行の担当者は「よく頑張りましたね」と母を労ってくれたそうだ。早稲田大学を卒業する時は、大学創立期に総長であった小野梓の名を冠した「小野梓文学賞」を貰った。これは東大・早大・慶大など日本全国の大学生を集めた文芸誌に発表した私の小説に授与されたものである。政治経済学部の部長が「文学部ではなく、うちの学部の生徒が貰ったのか」と喜んだという。

結局、多くの夢を実現するために「人生十年ひと節論」を掲げて突き進むことになってしまった。スケールの大小はあるものの東光ストアで十年、ダイヤモンド社で十年、編集プロダクションの社長として赤坂で十年を過ごした。多少時間にゆとりが出来たので新設された生涯教育の放送大学の第一期生として入学、四年で卒業した。何千人も入学した中、四年で卒業出来たのはたったの数十人しかいなかった。余談だが卒業式で挨拶した皇太子殿下（現在の天皇陛下）の祝辞は立て板に水、中身の濃いものだった。放送大学同窓会ではまだ卒業していない在校生のために、卒業論文の書き方を教えた。

さて「十年ひと節論」の市議会議員への挑戦は、自分の思いだけでなく多くの市民が投票してくれなければ実現できない最大の難関だったが、多くの方々の協力でクリアすることが出来た。幸せだったというしかない。

「十年ひと節論」で内閣府の「生活達人」に選ばれたことが新聞各紙で報道されると、市民団体、中学・高校などあちこちから講演を頼まれた。それがまた新聞で紹介される。話題は広がるばかりだった。

その後の市民劇団は十年では済まず、二十数年ものかかわりとなった。幼稚園児から九十歳の老人まで老若男女七十名の団員を集めたが、これだけの人数に見合う脚本がない。自分で書くしかないと執筆したのが学生時代「同人雑誌」に発表して大学の「文藝賞」を受賞した満州開拓団の悲劇を扱った小説を舞台にすることだった。

満州でソ連兵と現地人の攻撃を受けて逃げ惑う日本人開拓団員の悲惨な運命を主題にしたものである。若い男性は殆んど「赤紙」で戦地に召集され、残っているのは老人と女性、子供だけの集団になっていた。逃げる途中、疲労と飢餓でバタバタと死んで行く。せめてこの子だけでも生きていて欲しいと現地人に何がしかの代金で我が子を譲り渡す母親も多かった。後に残留孤児と称せられる人たちである。その中の一人、三歳の女の子が他人の子にまぎれて帰国、六十数年にわたって自分を手放した親を探し求める物語である。最後に親と出会う場面では多くの観客が涙をこぼした。この作品は演劇コンクールで沢山の賞を受賞し、私は「最優秀脚本賞」を頂いた。

このほか原爆の撃ち合いで地球が破滅する「龍宮城はＳＯＳ」や、光源氏が背広姿で登場する「超訳・源氏物語」など、春夏秋冬年四回、地元だけでなく、松戸の市民会館、東京の前進座、横浜の鶴見会館などで公演を重ねた。特に「超訳・源氏物語」は、「極めて斬新。冒険的な試み」と、日本芸術文化振興会と三菱Ｕ

ＦＪ文化財団の双方から、合わせて五十万円もの公演助成金を頂いたのである。朝日新聞社主催のエッセイコンテストや読売新聞社主催の「シチズン大賞」でも入賞を果たした。特に読売新聞の「シチズン大賞」で、「わが青春の八十歳、今なお続く演劇の夢」で合格者十名の末席に連なった時は、早稲田大学の総長から「大学の誇り」だと、翌年の「新春総長祝賀会」に夫婦揃って招待された。文筆部門で招待されたのはベストセラー作家の恩田陸さんと私たち夫婦の二組だけだった。この「シチズン大賞」の正式名称は「ニューエルダーシチズン大賞」と言う。審査委員長は平成二十九年（二〇一七）に百五歳で亡くなった、聖路加病院の名誉院長・日野原重明さんが永年受け持ち、今でも続いている有名なコンテストなのである。

過去はともかく、朝日新聞が関与している本書を執筆中の令和五年（二〇二三）十月現在、我々夫婦は階段の上り下りにも苦労する障害者になってしまった。私はパソコンに向かってこの原稿を締切りに何とか間に合わせようと、必死である。

二人ともマンションの内科クリニックで診察を受けているが、肺炎で入院した妻は今でも胸が痛いと嘆いている。私も脊柱管狭窄症で歩行困難。この先、あまり長い人生を送るのは無理ではないかと落ち込む日々が続いている。「八十歳。老衰にて逝去」などという訃報に接すると、「八十歳で老衰?」と、心臓がドキリとする。九十歳で亡くなったと報じられると、「俺もあと二年しかない」と気弱になる。

ひょいと祖父が亡くなった日のことを思い出した。

「サネヨシシス カエルニオヨバズ」

まだ電話も普及していない時代だから、祖父・実義の死亡は浪人中の下宿先に電報で届いた。昔は正式の名前が付く前に「幼名」があった。祖父の幼名は「八《や》十二《そじ》」である。亡くなったのは幼名通り八十二歳。偶然とはいえ、出来過ぎである。

後で聞いたことだが、葬式は県の教育委員会の主催であった。家の前の道路はまだ舗装されていなかったから、雨が降るとビショビショで泥が跳ねかえる。教育委員会は家の前から電車通りの「新上橋」まで白い砂利石を敷き詰め、小中学生を道路の両脇に並ばせて見送った。今なら公私混同だと非難されそうな話であるが、堂々とまかり通っていたのである。

私には、祖父が正座して数学の英語の本を読んでいた姿が今でも蘇って来る。と同時に、父と母との結婚を「商人の娘だ」と反対したことも思い出される。

私と妻が病で苦しんでいる最中《さなか》、総務省から「秋の叙勲」の話が飛んで来た。「なんで私が?」と不思議に思ったが、八月の閣議で選定。その評価として天皇陛下の御裁可で「国家社会に多大なる貢献を果たした人物」の一人として、私の「旭日単光章」の叙勲が決まったそうである。

天皇陛下の御裁可と言えば物々しいが、ありていに言えば、三期十二年にわたる市議会議員の活動を米寿に合わせて寿いでくれるということである。いずれにしても「秋の叙勲」は我が人生最大のご褒美で、これほど嬉しいことはない。市長や市議会議長から丁重なる祝電まで頂いた。賞状と勲章をセットで壁に掛ける額を販売する叙勲専門会社からのカタログが六社から来た。我孫子市役所からの連絡では、受賞者への賞状・勲章が千葉県庁に届いたのが十月中旬。

十一月になってやっと我孫子市役所から賞状が送られて来た。

吉川英治の人生訓に「五十にして立志、六十にして精励、七十にして成就、八十にして初めて休む」という言葉がある。八十はとっくに過ぎたが、休む気はない。病気だからと寝てはおれない。叙勲をきっかけに我が人生最後の夢、物書きに挑戦してみようと思う。

今更「九十歳の新人」でもあるまいが、いくつもの文芸誌で作品を募集している。駄目なら自費出版でもいい。残り少ない人生だが、病を押し、勇気を振り絞って、一生の夢であった一族の物語を実現してみたいと思っている。

〈了〉

著者プロフィール

飯牟礼　一臣（いいむれ　かずおみ）

昭和10年中国（旧満州国）生まれ。
小学４年で終戦、両親の故郷鹿児島へ引き揚げる。
鹿児島県立鶴丸高校卒。早稲田大学第一政治経済学部卒。
東光ストア（現東急ストア）、ダイヤモンド社を経て独立し、
編集企画会社社長。平成３年我孫子市市議会議員に当選し、
副議長などを歴任。平成４年市民劇団「あびこ舞台」を設立。
あびこ鹿児島県人会元会長。
【受賞歴】小野梓記念文学賞、手賀沼演劇祭最優秀脚本賞、
　　　　　秋の叙勲・旭日単光章など多数。

「家族の物語」人生十年ひと節論

2024年12月15日　初版第１刷発行

著　者　飯牟礼 一臣
発行者　瓜谷 綱延
発行所　株式会社文芸社
　　　　〒160-0022　東京都新宿区新宿1－10－1
　　　　電話　03-5369-3060（代表）
　　　　　　　03-5369-2299（販売）

印刷所　TOPPANクロレ株式会社

ISBN978-4-286-25963-5